LE GÉNÉRAL GODART

SA VIE ET SES ŒUVRES

(1837-1928)

Général PERCIN

et

Madame la Générale GODART

Le Général Godart

SA VIE ET SES ŒUVRES

(1837-1928)

CHARLES-LAVAUZELLE & Cie

Éditeurs militaires

PARIS, LIMOGES, NANCY

LE GÉNÉRAL GODART

I

La mort du général Godart.

Le général Godart est mort !

C'est en ces quelques mots, d'une éloquente brièveté, que, le 27 janvier 1928, s'est répandue dans Paris la triste nouvelle.

Nous avons été atterrés ; nous, les nombreux amis du général Godart, qui connaissions sa robuste vieillesse ; nous qui nous étions si souvent assis à sa table, où nous avions pu apprécier son esprit enjoué, sa franche camaraderie, son exquise bonté. Il nous semblait qu'il ne mourrait jamais.

Le général Godart, en effet, aurait dû vivre longtemps encore ; car, jusqu'à sa dernière heure, il s'est rendu utile au pays.

La carrière militaire du général Godart.

Fils d'un agriculteur domicilié à Reuil, petit village de la Marne, le général Godart est né, le 17 août 1837, à Mareuil-le-Port, village voisin. En 1857, après de brillantes études au lycée de Reims, puis, à Paris, au lycée Charlemagne, il fut admis à l'Ecole spéciale militaire de Saint-Cyr, où, l'année suivante, il obtint les galons de caporal.

A sa sortie de l'Ecole, il fut classé au 69ᵉ régiment d'infanterie, en garnison à Perpignan.

Promu lieutenant en 1865, il prit part, en 1865 et en 1866, à la première occupation de Rome par les troupes françaises.

Lors de la guerre franco-allemande, après avoir été officier d'ordonnance des généraux de Béville, de Laûriston et de-Maud'huy, il participa aux affaires de Frouard, de Mézières et de Sedan.

Après le désastre de Sedan, il fit partie de l'armée du général Vinoy, qui s'était repliée sur Paris. Affecté comme lieutenant au 110ᵉ régiment d'infanterie, il prit part à toutes les actions du siège de Paris. Au mois de septembre 1870, il fut blessé sur le champ de bataille, cité à l'ordre de sa division, et nommé chevalier de la Légion d'honneur.

Le 2 octobre, il fut promu capitaine, fit le second siège de Paris, y fut de nouveau blessé et cité à l'ordre de l'armée de Versailles.

En 1872 et en 1873, il assista aux grandes manœuvres de l'armée allemande.

Resté au 110ᵉ régiment d'infanterie, en garnison à Poissy, puis à Dunkerque, il fut envoyé en mission à Essen et à Spandau. Il fit, sur le tir du fusil d'infanterie, des études approfondies dont il a consigné le résultat dans des rapports très remarqués.

Il dirigea ensuite les tirs de guerre de Dunkerque. A la suite de ces tirs, sur la proposition du général de Courcy, il reçut une lettre de félicitations du Ministre de la guerre.

Promu chef de bataillon en 1882, il fut pourvu,

en Tunisie, du commandement d'un bataillon formant corps. Il prit part aux différents combats qui ont été livrés au cours de cette campagne. Il mena son bataillon à Douiret et à Kebilli, capitale du Neftaouza, située à 14 kilomètres d'El-Ouatis, où, depuis, fut assassiné le marquis de Morès.

La campagne terminée, il fut envoyé au Tonkin, où il reçut le commandement d'un bataillon du 23e régiment d'infanterie. A la tête de ce bataillon, il prit part aux combats de Bac-Ninh, de Tau-Mann, de Phu-Lang-Thuong, de Kep, de Hong-Hoa, de Bac-Loc, de Bay-Say, des Montagnes Rocheuses, de la route Mandarine et de Thain-Moy.

Le 5 mai 1884, à la suite de combats où il s'était fait remarquer par sa grande bravoure, il fut promu officier de la Légion d'honneur. Après d'autres combats, il fut cité à l'ordre du corps expéditionnaire.

Promu lieutenant-colonel le 13 octobre 1884, il se signala, non seulement par sa bravoure, mais encore par d'utiles travaux, tels que la reconstruction des forts et de la ville de Kep, l'ouverture de la route de Lang-Son, etc...

Après l'affaire de Lang-Son, place dont il avait été le gouverneur, il fut chargé de remettre au maréchal Sou, de l'armée chinoise, les plis relatifs à l'armistice et aux négociations de paix avec le Céleste Empire.

Rentré en France, il fut promu colonel le 1er juillet 1887 et placé à la tête du 115e régiment d'infanterie, en garnison à Vincennes, puis à Mamers et à Paris.

Le 21 décembre 1891, date à laquelle il a été promu général de brigade, sa grande connaissance de la troupe, qu'appréciait le Ministre de la guerre, le

fit choisir pour organiser à Commercy, sur la frontière franco-allemande, la 77ᵉ brigade d'infanterie,
dont il reçut le commandement.

En 1895, il fut désigné pour remplir les délicates
fonctions de secrétaire de la commission de classement des officiers proposés pour l'avancement;
commission présidée par le général Saussier, généralissime des armées françaises, qui le tenait en
haute estime. Il remplit ces fonctions pendant trois
ans, tout en conservant le commandement de sa
brigade.

Promu général de division le 19 octobre 1896, il
commanda la 16ᵉ division d'infanterie, comprenant
les subdivisions de Bourges, Cosnes, Autun, Nevers
et Le Creusot, où de fréquentes grèves rendirent sa
tâche particulièrement difficile.

Il reçut, enfin, le commandement du 8ᵉ corps
d'armée, comprenant les départements de la Niè-
vre, du Cher, de Saône-et-Loire et de la Côte d'Or.

Le 17 août 1902, atteint par la limite d'âge, il
passa au cadre de réserve.

Dans toutes ces situations, le général Godart se
fit remarquer par ses hautes qualités de commandement, qu'il savait concilier avec une touchante
bienveillance pour ses subordonnés.

Il se fit remarquer surtout par sa grande modestie. Jamais on ne l'entendit faire, comme tant d'autres, le récit de ses exploits. Peu d'officiers, cependant, ont ses services de guerre. Peu assistèrent à
autant de combats et obtinrent autant de citations
que lui.

Les affaires auxquelles le général Godart a assisté.

Le 17 septembre 1870, au siège de Paris, affaire
de la Boucle de la Marne.

Le 19 septembre, au combat de Châtillon.

Le 23 septembre, aux Hautes Bruyères.

Le 30 septembre, aux affaires de l'Hay-Chevilly-Thiais.

Le 13 octobre, à Bagneux.

Le 21 octobre, à La Malmaison.

Le 29 novembre, à l'Hay.

Le 30 novembre, à Choisy-le-Roi.

Le 2 décembre, à Créteil-Thiais.

Le 19 janvier 1871, à Buzenval.

Du 18 mars au 11 juin 1871, contre la Commune de Paris, à Châtillon, à Plessis-Picquet, à Issy, à Vanves, au pont de Bercy, à la Bastille, aux Buttes Chaumont et à Belleville.

En Tunisie, du 15 septembre 1881 au 12 juin 1882, sous les ordres du général Philibert, colonnes dans le Sud, à Ouled-Ayar, à Nefzahouah, à Douviet, à Oued-Fissy, et à l'Oasis de Guermossa.

Au Tonkin, les 8, 9 et 13 mars 1884, à Yen-Tien, à Dap-Cau, à Bac-Ninh, et à Phao-Camp.

Les 15, 16, 17 et 18 mars 1884, à Phulang-Thuong et à Bac-Lé.

Le 12 août, à Houg-Hoa.

Le 7 octobre, à Bac-Loc.

Le 8 octobre, à Kap.

Le 9 octobre, à Dao-Quain.

Les 14 et 15 avril 1885, contre les masses chinoises descendant de Lang-Son.

En mai 1885, à Thuong-Lam et à Dou-Say.

En novembre et en décembre, à Bay-Say.

Le 26 décembre, à Bac-Loc.

Les indications qui précèdent sont extraites, en grande partie, d'un livre intitulé *La vie militaire au Tonkin,* dont l'auteur est le lieutenant-colonel breveté Leconte, attaché à la Section technique de l'infanterie.

Tels ont été les services de guerre du général Godart. D'autres, à sa place, en auraient fait étalage. Mais le général Godart n'était pas un hâbleur. Il m'a fallu fouiller tous ses papiers pour me procurer les renseignements qui précèdent.

Si le général Godart n'était pas mort, on ignorerait encore tout ce qu'il a fait.

Les distinctions dont le général Godart a été l'objet.

En 1869, le général Godart a été cité à l'ordre de son régiment, pour la façon dont il avait dirigé les travaux de l'école régimentaire.

En 1870, il a été cité encore à l'ordre de son régiment, pour sa conduite devant les Allemands.

En 1871, il a été de nouveau cité pour ses opérations contre la Commune de Paris.

En 1872, le général de Cissey, Ministre de la guerre, lui a adressé une lettre de félicitations, pour ses travaux tactiques.

En 1874, sur la proposition du deuxième Bureau de l'état-major de l'armée, il a reçu de nouvelles félicitations du Ministre de la guerre, pour de nouveaux travaux tactiques.

En 1892, 1893 et 1894, il a été chargé de travaux géographiques à effectuer sur la frontière franco-allemande, de Nancy à Novéant. Ces travaux lui ont valu des félicitations du Ministre de la guerre.

Belle citation au Tonkin.

Le 8 octobre 1884, le 110e régiment d'infanterie prenait d'assaut le réduit central de la ville de Kep.

Un soldat chinois avait terrassé le capitaine Gignoux et allait le tuer. Le capitaine Godart assomma ce Chinois d'un coup de trique.

Il tua également un Chinois qui tenait la tête du soldat Marchand, et se disposait à la trancher.

Pour ce double sauvetage, le capitaine Godart a été cité à l'ordre du corps expéditionnaire.

La carrière civile du général Godart.

Dans la vie civile, le général Godart a déployé la même activité que dans la vie militaire.

Il a fondé la Caisse des secours immédiats à accorder aux veuves et aux orphelins, aussitôt après la disparition du chef de famille.

Il a organisé la Société de secours mutuels des vétérans des armées de terre et de mer.

Il a présidé l'Association *Le lait et le pain*, l'Union des présidents des mutualités militaires, d'autres sociétés mutualistes des départements du Cher, de Seine-et-Oise et de Meurthe-et-Moselle.

Il a été vice-président du Comité radical de la rue de Valois.

A la mort de Léon Bourgeois, il a été nommé président d'honneur de cette Société, à laquelle il a donné un très grand essor.

Augmentation de la pension de retraite des vieux généraux.

La pension de retraite des vieux généraux qui n'avaient pu faire la guerre de 1914 avait été augmentée de 50 p. 100 environ, alors que le prix de la vie avait augmenté de 500 p. 100. Les vieux colonels retraités étaient à peu près dans le même cas.

Par ses nombreuses démarches, assisté du général Michel et du général Bataille, constituant ce qu'on appelait le *groupe Godart*, il a obtenu que le taux des pensions de ces vieux serviteurs soit multiplié, non, comme le prix de la vie, par le coefficient 6, mais par un coefficient voisin de 2,5.

La carrière politique du général Godart.

Le général Godart a été, nous l'avons vu, vice-président du Comité radical et radical-socialiste de la rue de Valois, et président de la Fédération de Meurthe-et-Moselle.

Il était membre du Cercle républicain de l'avenue de l'Opéra, où il jouissait d'une grande autorité.

En 1908, à Dijon, il a présenté au 3e Congrès radical et radical-socialiste un rapport important sur les modifications à apporter à l'organisation de l'armée; modifications qu'il avait déjà proposées, en 1906, au Congrès de Lille, et, en 1907, au Congrès de Nancy. Dans ce rapport, il demandait, entre autres choses, le vote d'une loi assurant plus de justice dans l'avancement des officiers. Ayant été secrétaire de la Commission de classement, il savait tout ce qu'il y avait à faire à ce sujet.

Le général Godart écrivain.

Le général Godart a publié plusieurs écrits, parmi lesquels :

Un livre intitulé *Excursions dans les Pyrénées*, ouvrage qu'il a illustré lui-même de photographies et de dessins;

Voyage à Rome, impressions sur les Etats pontificaux, ouvrage également illustré par lui;

Etude comparative des armées française et allemande, publiée en 1883 par le « Bulletin de la Réunion des officiers » ;

Note sur la campagne de 1870, publiée en 1874;

Etude sur les manœuvres en ordre dispersé;

Souvenirs de la campagne de 1870;

Souvenirs du Tonkin.

*
* *

Telle a été l'existence du général Godart.

Mme la générale Godart va donner sur cette belle existence et sur les obsèques qui l'ont couronnée des détails qu'elle connaît mieux que moi.

Elle peut être fière d'avoir été, pendant vingt-huit ans, la compagne de ce grand Français.

Général PERCIN.

Décorations du général Godart.

Médaille d'Or de la Mutualité.
Grand-officier de la Légion d'honneur.
Grand-croix de l'Ordre Impérial d'Anne de Russie.
Commandeur de l'Ordre du Nichan-Iftikar.
Commandeur de l'Ordre Royal du Cambodge.
Officier de l'Instruction publique.
Médaille de 1870-1871.
Médaille du Tonkin.
Médaille coloniale (Tunisie).

II

Maire de Lenoncourt.

Le général Godart, de 1912 à 1919 inclus, a été maire de Lenoncourt, village situé à quelques kilomètres de l'ancienne frontière où il avait sa propriété.

Il est resté fidèle à son poste, bien qu'il y courût beaucoup de risques, surtout en août 1914, les Allemands étant alors à moins de 4 kilomètres de Lenoncourt.

Durant ces moments difficiles, il a rendu à la commune des services importants, au point de vue des réquisitions militaires, des passages incessants des troupes françaises, des cantonnements, etc.

Pendant toute la guerre, il a fourni le chauffage aux écoles (filles et garçons), à la salle du catéchisme, logeant et nourrissant chez lui l'instituteur évacué, qui remplaçait son collègue mobilisé, et ayant de bons rapports avec les prêtres évacués, remplaçant leur confrère à Lenoncourt, et pratiquant ainsi l'union sacrée.

Il a laissé les finances de la commune en pleine prospérité, payant de ses deniers toutes les dépenses de la mairie et autres.

Il a fait ériger le monument aux morts de la commune, auquel il a contribué pour une somme importante.

C'est grâce à l'intervention du général que la commune a conservé ses cloches. L'autorité militaire les avait fait descendre pour les envoyer dans les tranchées, après une démarche faite auprès du Ministère par le général, elles furent remises en place.

En septembre 1914, la flèche du clocher avait été jetée à terre par le génie militaire et le plafond de la nef crevé par cette flèche qui était tombée dessus. C'est le général qui paya de sa bourse la réparation du clocher, de la nef et ferma les fenêtres dont les vitraux avaient été brisés, permettant ainsi au culte religieux d'être pratiqué dans la commune dont il était maire.

Ajoutons encore que le général a avancé, en septembre 1914, au percepteur de Lenoncourt, l'argent nécessaire pour payer les allocations aux femmes des mobilisés, argent qui ne lui avait pas été remis, les fonds de la recette générale de Nancy ayant été transportés hors des atteintes des Boches qui étaient à quelques kilomètres de Nancy.

LES DONATIONS DU GÉNÉRAL GODART.

La colonne de Montmirail.

La colonne de Marchais-Montmirail, célébrant la victoire de Napoléon du 11 février 1814, étant très délabrée, cette commune désirait qu'elle soit réparée pour les fêtes du centenaire.

Le général a donné 4.500 francs pour sa remise en état et a présidé, avec le général Sarrail, commandant de corps d'armée à Châlons, les fêtes du Centenaire en mai 1914.

Pont de Reuil.

La commune de Reuil, petit village où habitaient les parents du général, et où il avait lui-même passé son enfance et sa jeunesse, n'ayant pas de pont sur la Marne, ses habitants étaient obligés de faire un grand détour, pour gagner la gare de Port-à-Binson et communiquer avec le village d'Œuilly, situé en face, de l'autre côté de la Marne, où beaucoup d'entre eux avaient des propriétés.

Le général, après de multiples démarches faites en 1913-1914, obtint la promesse de la construction d'un pont sur la Marne à Reuil. Les premiers travaux furent commencés en juillet 1914, le général ayant versé, à ce moment, une subvention de 10.000 francs.

Les tristes événements de la Grande Guerre interrompirent le travail, qui ne reprit que beaucoup plus tard, après des démarches réitérées faites par le général, qui versa encore 50.000 francs, portant ainsi à 60.000 francs le montant de sa subvention. Il eut la grande joie d'inaugurer ce pont le 5 juillet 1926.

Prix d'honneur aux lycées.

Le général Godart a créé l'Institution des prix d'honneur à décerner aux meilleurs élèves des lycées et collèges du département de la Marne : Reims, Châlons, Epernay, Vitry-le-François, Sainte-Ménéhould, Sézanne, œuvre pour laquelle il versait chaque année la somme de 340 francs; Mme la générale Godart, sa veuve, par sa lettre adressée au Président de la Société amicale de la Marne, à la date du 10 mars 1928, s'est engagée à continuer le versement de cette subvention.

La générosité du général était bien connue dans la région.

LES OBSÈQUES DU GÉNÉRAL GODART.

La levée du corps.

La levée du corps a été faite le 30 janvier, 13, avenue de l'Opéra, à 1 heure de l'après-midi.

Les honneurs militaires auxquels le défunt avait droit, comme grand officier de la Légion d'honneur, ont été rendus par deux bataillons d'infanterie, un escadron de cavalerie, une batterie d'artillerie, placés sous les ordres du général de brigade Potier, à cheval, saluant de l'épée, en face de la porte, drapée de noir, où était exposé dans une chapelle ardente le cercueil recouvert des insignes de commandant de corps d'armée et des décorations du défunt.

Les troupes étaient disposées du domicile du général à la place de l'Opéra. Les musiques militaires jouaient en sourdine des airs funèbres.

Pas une voiture automobile, pas un autobus ne circulait sur l'avenue, pas une voiture en station; le silence le plus complet.

Des gardiens de la paix, de 10 en 10 mètres, sous les ordres de deux commissaires de police, assuraient le service d'ordre.

La foule, disposée sur plusieurs rangs, observait un silence religieux et saluait au passage le grand soldat.

Le cercueil a été placé dans le fourgon automobile; la famille y est montée, composée de :

Mme la générale Godart;

M. Eugène Godart, son fils;

Mlle Marguerite Godart, sa petite-fille;

Mlles Hélène et Marguerite Peloux, qui ont soigné leur vieux maître avec un dévouement affectueux et constant, ne le quittant pas un instant de jour ni de nuit, durant les trois mois et demi de sa si douloureuse maladie.

Etaient présents : M. le docteur Nicaise, cousin du général; M. Edmond Circan, son petit-neveu; M. et Mme Paul Loppin; M. et Mme Vol, venus de Tours; M. le baron du Peloux, directeur du bureau des ordres de bourse au Crédit-Lyonnais et ses collègues; M. Emile de Ruaz, fidèles amis de plus de trente ans du général; M. et Mme Lignot.

Présents encore : les généraux Pédoya, Michel, Sarrail, Lamiable, Levannier; Niessel, membre du Conseil supérieur de la guerre, qui avait été sous les ordres du général; le colonel Henry, le lieutenant-colonel Brossé; un capitaine attaché à la personne du Président de la République, a présenté à Mme la générale Godart les condoléances du chef de l'Etat.

Assistaient, enfin, à la cérémonie :

Les membres du Cercle républicain de l'avenue de l'Opéra;

Une délégation de la Société amicale de la Marne, comprenant M. Georges Barthet, président; le docteur Jeannia; MM. Abel Jamas, Ernest Haudos, J.-C. Charpentier, Albert Simon, anciens présidents; Maurice Renard, vice-président; Gaston Génique, Abel Meyer, Gaston Poitevin, membres du Comité; Dupuy Schuler et Lefebvre, secrétaires;

Une délégation de la Caisse des veuves et orphelins, présidée par **M. Keller**, ancien président; le titulaire s'étant excusé pour cause de maladie.

Parmi les nombreux amis, venus rendre un dernier hommage au défunt, Mme la générale Gérard, le commandant et Mme Croissandeau, **M. Achille Dreyfus**, venu de Nancy; M. et Mme Guillaume, venus de Lenoncourt; M. Lécrivain, jardinier depuis trente-cinq ans dans la propriété du général et de Mme Godart; Mme Gréhen et sa famille; M. et Mme Mensch, venus de Creil; **M. Edmond Hess**, M. et Mme Hildibrand.

Le défilé devant le front des troupes.

La présentation des condoléances étant terminée, le général a passé, dans le fourgon automobile marchant lentement, sa dernière revue devant le front des troupes qu'il aimait et qu'il avait commandées pendant de nombreuses années.

Le spectacle était splendide et impressionnant.

Puis, à partir de l'Opéra, le fourgon prit une allure plus rapide, traversant la campagne pour arriver, à la nuit tombante, à Rœuil, la petite patrie si chère au cœur du vieux soldat, où il a voulu reposer auprès des siens.

A l'arrivée du fourgon les cloches (remontées depuis quinze jours) ont sonné le glas; le maire, le conseil municipal, les habitants attendaient devant la mairie, où le cercueil a été déposé dans une chapelle ardente et gardé toute la nuit par les membres du conseil municipal.

La cérémonie des obsèques à Reuil.

Les obsèques religieuses ont eu lieu le lendemain 31 janvier, à Reuil.

La levée du corps se.fit à la mairie, à 10 heures, par M. l'abbé Hardy, curé de Vandières et desservant de Reuil.

Un important cortège s'organisa pour se rendre à l'église, au son des cloches sonnant en mort.

Derrière la croix paroissiale, venaient les enfants des écoles, conduits par l'instituteur, M. Leroy; la fanfare municipale (la même qui lui fit une ovation enthousiaste, pour fêter son admission à l'Ecole militaire spéciale de Saint-Cyr, et, l'année suivante, sa nomination de caporal); la Société de secours mutuels, dont les musiques jouaient des marches funèbres durant le parcours.

Porté sur les épaules des jeunes gens de Reuil, c'est au son des cloches, des musiques en sourdine que le général a traversé sa petite patrie, où il était si heureux de revenir, en s'arrêtant auprès du pont sur la Marne sur lequel il était passé le premier lors de l'inauguration, en juin 1926.

Le deuil était conduit par Mme la générale Godart, veuve du défunt; M. Eugène Godart, son fils, et Mlle Marguerite Godart, sa petite-fille.

Parmi les nombreux parents et amis, on remarquait : Mlles Hélène et Marguerite Peloux, les si dévouées garde-malade du défunt; M. le docteur Niçaise, son cousin; M. Circan, son petit-neveu; M. Loppin, sous-directeur au ministère de la justice, et Mme Loppin; M. Couret, sous-directeur au Crédit Lyonnais; M. Georges Houdeline, concierge de l'immeuble n° 13, avenue de l'Opéra, où le général et Mme Godart occupent le même appartement depuis vingt-six ans; M. et Mme Guillaume; M. Lécrivain, venus de Lenoncourt (Meurthe-et-Moselle); MM. Merlin, sénateur; Poittevin, député; Chiraux, sous-préfet de Reims, représentant le préfet de la Marne; Léon, sous-préfet d'Epernay; Nollet, capitaine de gendarmerie, représentant le Ministre de la guerre; une délégation de trois officiers du 9e dragons, venus de Reims, pour rendre au général un hommage spécial; M. Barthet, président de la Société amicale de la Marne; M. Abel Jamas, délégué par la Société de la Marne; M. Maurice Lévy, maire d'Epernay; M. Villoteaux, conseiller d'arrondissement du canton de Dormans; M. Bernard, ingénieur des ponts et chaussées; M. Marquette, maire et les conseillers municipaux de Reuil; M. le maire et les conseillers municipaux d'Œuilly; M. Galoteaux, maire d'Orquigny, auxquels s'étaient joints un grand nombre d'habitants de Reuil, d'Œuilly et d'Orquigny-Binson.

Sur le cercueil étaient déposés les insignes de général commandant de corps d'armée.

M. le lieutenant Gilbert portait sur un coussin les insignes de grand officier de la Légion d'honneur et les nombreuses décorations du regretté défunt.

De magnifiques couronnes avaient été offertes par les communes de Reuil et d'Œuilly, par la famille, par M. et Mme Loppin.

Les cordons du poêle étaient tenus par M. Léon, sous-préfet d'Epernay; M. Marquette, maire de Reuil; M. Barthet, président de l'Amicale de la Marne; M. Loppin, sous-directeur au ministère de la justice.

L'entrée s'est faite dans la petite église, où il avait été baptisé quatre-vingt-dix ans auparavant, église à peine reconstruite, les quatre murs étant seuls restés debout après la Grande Guerre. Une messe toute simple a été dite, et le cortège, traversant encore une dernière fois les rues de Reuil, a gagné le cimetière où le défunt avait désiré reposer auprès des siens, au bas de ces coteaux de Champagne, sa petite patrie.

Huit discours ont été prononcés par :

M. Marquette, maire de Reuil;

M. Henri Merlin, sénateur, au nom des parlementaires;

M. Poitevin, député, conseiller général, au nom du canton de Châtillon;

M. Barthet, au nom de la Société de la Marne;

M. Chiraux, au nom du préfet de la Marne;

M. Loppin, sous-directeur au ministère de la justice, au nom des amis; ce dernier donne lecture d'une lettre du général Michel, ancien généralissime de l'armée française, que seules des raisons de santé dans son entourage ont empêché d'assister à la cérémonie d'aujourd'hui.

Le capitaine Nollet, de la gendarmerie d'Epernay, lut le discours du général Pédoya, vieux camarade du général Godart, que son grand âge (90 ans) a empêché d'assister à la cérémonie religieuse à Reuil.

Plusieurs discours furent improvisés. Suivent ceux qui ont pu être réunis.

Discours de M. Paul Loppin.

Mesdames,

Messieurs,

Au moment où disparaît à jamais la belle et noble figure de soldat que des voix plus qualifiées que la mienne vont saluer comme il convient, c'est un devoir, pour les intimes qui se sont assis souvent au foyer si accueillant du général Godart, de traduire ici leur pensée pieuse.

En leur nom à tous, présents ou absents, je veux dire très simplement l'adieu qui vient du cœur.

Cet adieu s'inspire, avant tout, d'un hommage de profonde gratitude pour les trésors de bonté que vous avez dispensés, mon Général, à ceux que vous avez plus particulièrement honorés de votre amitié si affectueuse.

Aussi naturellement que l'être vivant respire, vous étiez orienté vers le besoin inné non seulement de faire le bien, mais, ce qui est mieux encore, de le faire avec discrétion. Vous étiez heureux de la joie que vous répandiez autour de vous.

La modestie, la simplicité souriante, cette bonhomie champenoise à laquelle s'alliaient à la fois l'esprit le plus fin et les sentiments et les manières les plus délicats, tant de qualités morales et intellectuelles faisaient de vous une âme d'élection et, pour tout dire, un galant homme se reliant à la plus pure tradition française.

Nous mesurons ainsi, à l'heure de la séparation définitive, le malheur qui nous frappe en même temps que vos proches.

Soyez du moins assuré, en cet instant solennel, de vivre dans nos cœurs aussi longtemps que nous vivrons nous-mêmes.

Puissent ce témoignage de notre affection, cet engagement de fidélité à votre mémoire adoucir quelque peu la douleur d'une admirable compagne à qui vont nos plus affectueux respects, celle d'un fils et d'une petite-fille tous tendrement aimés, et de toute votre famille.

Mon Général et très cher grand Ami, je vous adresse, du fond de l'âme, l'adieu suprême.

. . . .

Mais je n'ai rempli qu'une partie de mon devoir et c'est pour moi un grand honneur de le compléter en donnant lecture d'une lettre remise, hier, à Mme Godart, par M. le général Michel, ancien généralissime de l'armée française, que, seules, ses préoccupations touchant la santé de son entourage, ont empêché de se rendre ici aujourd'hui.

Lettre du général Michel.

Madame,

Vous connaissez mieux que personne, pour vous y être intéressée, les nombreuses démarches entreprises, depuis plusieurs années, par le général Léon Godart en faveur des militaires, marins et coloniaux qui, en présence de l'augmentation croissante du prix de la vie, se trouvaient sans autres ressources que leur retraite.

Le général avait bien voulu nous associer à cette œuvre dont il avait eu l'initiative et à laquelle il s'était consacré tout entier. Il en a été récompensé — et ce fut une de ses grandes joies — en voyant triompher la cause à laquelle il s'était si cordialement dévoué et dont il avait été, sans bruit, l'un des meilleurs artisans.

Au seuil de cette demeure où il réservait à tous un si charmant accueil, à l'heure où il va nous quitter pour gagner le champ de repos de son beau village de la Marne, nous avons tenu à vous apporter, Madame, à vous et à tous les siens, le témoignage de nos regrets unanimes.

La figure du général Léon Godart restera vivante parmi nous comme celle d'un soldat accompli, d'un chef émérite, d'un ardent patriote, d'un excellent citoyen et du meilleur des frères d'armes.

Veuillez agréer, Madame, nos respectueux hommages et l'expression de notre douloureuse sympathie.

Discours du général Pédoya.

Messieurs,

Ce n'est pas un discours que je veux faire, la douleur que j'éprouve devant ce cercueil m'en empêche; c'est simplement un salut, un adieu que je veux adresser à un ami bien cher qui, durant toute sa vie, a été animé du culte de la famille, du culte du drapeau, du culte de la Patrie.

Madame, vous pleurez un mari qui avait pour vous la plus vive affection. Durant sa longue et douloureuse maladie, vous l'avez soigné avec un dévouement sans bornes; il le voyait et, dans son regard de mourant, s'exprimait un remerciement et une reconnaissance que ses lèvres ne pouvaient plus dire.

Vous, Monsieur Eugène Godart, vous pleurez un père qui avait pour vous la plus tendre des affections. Combien de fois n'a-t-il pas regretté que les circonstances de la vie, comme vos intérêts, vous aient tenus éloignés l'un de l'autre; mais pas un seul instant vous n'avez cessé d'être, dans ses pensées comme dans son cœur, le fils aimé.

Moi, je pleure mon plus vieil ami. Il y a soixante-dix ans, à Saint-Cyr, une sympathie réciproque nous a attirés l'un vers l'autre, et puis l'éloignement forcé de notre carrière, loin d'amoindrir notre amitié, l'a rendue plus vivace.

J'ai suivi Léon Godart dans sa longue et brillante carrière, dans l'expédition de Rome, puis, durant la funeste guerre de 1870. Né au milieu des vaillantes populations de l'Est, dont le sol fut si longtemps souillé par la botte allemande, il a vu de près les exigences d'un vainqueur impitoyable et sans scrupules; elles ont laissé dans son cœur de patriote une blessure profonde.

J'ai retrouvé Godart durant la campagne de Tunisie, d'abord sous les murs de Kairouan, puis dans l'extrême sud de la Régence, à Gafsa; les relations de chaque jour que nous eûmes alors cimentèrent notre amitié. C'est là qu'il apprit que son bataillon était désigné pour aller au Tonkin.

Son rôle brillant, après l'affaire de Lang-Son et la blessure du général de Négrier, est trop connu pour qu'il soit nécessaire de le rappeler en ce moment. Ses souvenirs sont hautement appréciés et vont rapidement le pousser jusqu'au commandement d'un corps d'armée; mais bientôt aussi arrive l'heure de la retraite; et cela quelques années avant la Grande Guerre.

Il habitait alors dans la zone des pays envahis; tous les jours, il entendait le canon dont les obus labouraient les terres de son domaine; il voyait de près les criminelles dévastations des Allemands; son ardent patriotisme se révoltait de son inaction; malgré son âge, il demande au Ministre de lui donner un commandement. Le refus ministériel fut pour lui une cruelle déception.

Combien il faut le regretter; Godart était non seulement un brillant soldat, mais aussi un chef d'une haute valeur; il était aimé de ses soldats en raison de sa sage prévoyance, de son impartiale justice et de sa paternelle bonté. Durant toute sa vie, il a donné l'exemple du courage, du dévouement, de l'abnégation.

Si Godart n'a pas contribué personnellement à rendre la France victorieuse, il a vu son rêve se réaliser : l'Alsace et la Lorraine redevenues provinces françaises. La mort de ce beau soldat, de cet ardent patriote est un deuil pour tous ceux qui l'ont connu. Son souvenir restera impérissable dans nos cœurs.

Laissez-moi, Madame et vous Monsieur Eugène Godart, mêler mes pleurs aux vôtres. Vous perdez un mari, un père, je perds mon meilleur et mon plus vieil ami; mais, au-dessus de notre douleur, il y a la France, qui perd un des hommes qui l'ont le plus aimée et servie avec passion.

Discours de M. Barthet,

Président de la Société Amicale de la Marne.

Mesdames,

Messieurs,

La Société amicale de la Marne vient de perdre en la personne du général Godart, en même temps que son président d'honneur, un de ses meilleurs amis, un de ses plus grands bienfaiteurs. Aussi, fidèle interprète des sentiments bien attristés de tous ses membres, ai-je à cœur d'apporter à l'éminent Marnais qui vient de disparaître le suprême hommage de notre affectueuse vénération, joint à celui de notre profonde reconnaissance.

Marnais d'origine, le général Godart était toujours resté Marnais de cœur. Avec quelle joie ne se plaisait-il pas, dans son foyer de l'avenue de l'Opéra, si accueillant pour ses compatriotes, à évoquer, au cours d'amicales conversations, ce coquet village de Reuil, qui fut le lieu de sa naissance, son clocher, son terroir, les coteaux champenois qui l'avoisinent, la rivière marnaise qui serpente à ses pieds! Avec quelle émotion ne rappelait-il pas que c'étaient ces douces et chères visions du petit pays natal qui lui avaient bien souvent apporté, au cours de ses campagnes lointaines, ce puissant réconfort qui aide à supporter plus facilement les rudes fatigues des expéditions coloniales et les grandes privations du temps de guerre, tant il est vrai, ajoutait-il, que c'est l'amour de la petite patrie qui fait davantage aimer la grande...

La Société amicale de la Marne, à laquelle le général Godart appartenait fidèlement depuis plus de trente ans, et qu'il avait présidée en 1905 et 1906, avait toute sa sollicitude. Il y a quelques semaines encore, à l'occasion de son assemblée générale, il me faisait prier de transmettre à tous ses compatriotes marnais l'expression bien vive de sa grande affection. Jusqu'à ces dernières années, et malgré son grand âge, il assistait régulièrement à nos principales réunions. Quel bonheur était alors le nôtre, quand, dans nos assemblées, nous voyions apparaître le mâle visage de ce noble et robuste vieillard si vivant, si gai, si aimable, réflétant fidèlement, en même temps qu'une puissante énergie, une si exquise bonté!

C'est avec une joie profonde que, d'un élan unanime, nous l'avions acclamé, il y a deux ans, président d'honneur de notre Société amicale, pour succéder à cet autre grand Marnais que fut Léon Bourgeois. Ce titre, que le général Godart tenait ainsi de notre respectueuse affection, nous savions qu'il en était fier; quant à nous, nous étions heureux du plaisir qu'il en ressentait et, en le lui conférant, nous avions eu conscience d'honorer notre Société elle-même.

Il aimait la jeunesse et il avait pour les jeunes Marnais une particulière sollicitude. Il éprouvait un réel bonheur à aider les plus travailleurs d'entre eux et à seconder leurs efforts pour s'élever dans cette juste et vraie hiérarchie sociale que crée non la faveur, mais seulement le mérite. C'est ainsi, du reste, que la Société amicale de la Marne a pu, grâce à la générosité du général Godart, étendre le cadre de ses bienfaits, soit en accordant des bourses d'études ou de voyages à de jeunes étudiants ou à de jeunes artistes d'origine marnaise, soit en récompensant par des prix d'honneur l'élite des jeunes gens de nos lycées et collèges de la Marne et de notre Ecole des arts et métiers de Châlons.

Cette bienfaisance qu'exerçait le général Godart avec une si douce simplicité et une si touchante délicatesse, on devinait qu'elle lui procurait intérieurement une grande joie; mais on ne pouvait que le deviner, car il la conservait pour lui seul.

L'an dernier, à l'un de nous qui le louait discrètement de ce qu'il faisait pour notre Société, il répondit avec douceur cette parole charmante : « On ne saurait trop s'efforcer de faire un peu de bien pour le mal qu'on a peut-être fait! » Et comme on s'étonnait, il ajouta : « Cependant, je ne me rappelle pas... Mais, qui sait?... peut-être sans vouloir, sans le savoir! »

Réponse admirable, que ne peuvent oublier aucun de ceux qui l'ont entendue. Aussi, la disparition de cet homme bon, accueillant, délicat entre tous, cause-t-elle à tous ceux qui l'ont connu, ou même seulement approché, une profonde et douloureuse tristesse. Sa robuste santé nous laissait espérer de le conserver longtemps encore à notre affectueuse vénération.

Mais ce grand cœur a cessé de battre. Et c'est ainsi que ce noble soldat, grand serviteur de la France et de la République, qu'il unissait toutes deux également dans un amour patriotique, ardent et passionné, vient reposer aujourd'hui dans ce petit coin de terre marnaise à laquelle il a voulu rester fidèle jusque dans la tombe, dans ce petit village de la vallée de la Marne auquel il était resté si attaché.

Le souvenir de notre regretté président d'honneur sera pieusement conservé au sein de la Société amicale de la Marne. Bien longtemps encore, au cours de nos réunions amicales, nous évoquerons la mémoire de cet homme de bien qui sut, avec tant d'affabilité et de bienveillance, traduire en actes ce mot dont on peut dire qu'il avait fait sa devise : la Fraternité.

Mon Général, au moment où va vous accueillir cette terre marnaise, si abondamment arrosée du sang de tant de ces petits soldats de France que vous avez chéris comme vos enfants et admirés comme étant des héros, laissez-moi vous témoigner encore notre affection et notre reconnaissance et vous dire, une dernière fois, que nous vous aimions bien.

Adieu, mon Général! adieu!

Discours de M. Marquette.

Mesdames,

Messieurs,

Il est des circonstances douloureuses dans lesquelles le devoir devient bien pénible à remplir. Celui qui m'incombe en ce jour m'attriste profondément et c'est en proie à une émotion que j'ai grand peine à contenir que je viens, au nom des conseils municipaux et des habitants des communes de Reuil et Œuilly, ainsi qu'en mon nom personnel, saluer la dépouille mortelle de notre vénéré bienfaiteur.

Qu'il me soit donc permis, Mesdames et Messieurs, d'exhaler notre douleur commune en évoquant le souvenir des vertus, en retraçant la vie toute de dévouement, de dignité et d'honneur de celui qui, après une existence qu'il convient de citer en exemple, vient de retomber brutalement dans l'impénétrable néant.

Le général Godart naquit en 1837, de parents modestes autant que travailleurs. De très bonne heure, il se distingua par sa belle intelligence, son amour du travail, et, à la grande et légitime satisfaction de ses bons parents, entreprit bientôt les grandes études qui devaient faire de lui un des meilleurs serviteurs de notre pays. Ayant embrassé la carrière des armes, notre digne concitoyen, grâce à son ardent amour de la Patrie, à son vif sentiment de l'honneur, à la pleine conscience de ses devoirs et de son zèle à les remplir, attira bientôt sur lui l'attention de ses chefs. Aussi gravit-il rapidement les différents échelons de la hiérarchie militaire, pour accéder enfin au plus élevé des grades. Je n'insiste pas davantage sur ce point, Mesdames et Messieurs, car une voix infiniment plus autorisée que la mienne, la voix d'un autre grand chef, vous retracera dans quelques instants la brillante carrière militaire de notre grand concitoyen.

Là ne se bornent pas les mérites de celui que nous pleurons et je faillirais à mon devoir si je ne rendais ici un suprême hommage au grand citoyen, au grand philanthrope, à l'homme de bien dans toute l'acception du terme que fut M. le général Godart.

Bien que ses études l'eussent obligé à quitter Reuil de très bonne heure, notre vénéré bienfaiteur resta toujours profondément attaché au village où il fit ses premiers pas et chacun sait la joie, je dirai plus : le bonheur qu'il éprouvait lorsqu'il lui était possible de passer quelques heures au milieu de nous, s'entretenant familièrement avec ses camarades d'enfance et serrant affectueusement les mains qui se tendaient si nombreuses vers lui.

Mon Général !

Nul des habitants de cette commune n'ignore le vif intérêt que vous avez toujours porté à notre bien modeste village, à ce village sur lequel rejaillit une partie de l'honneur qui s'attache à votre magnifique carrière militaire, à ce village qui était si fier de vous compter au nombre de ses enfants, à ce village, enfin, qui vous doit une reconnaissance sans bornes.

N'est-ce pas, en effet, grâce à vous, mon Général, qu'aujourd'hui un pont magnifique relie les deux rives de la Marne entre Reuil et Œuilly. Oui, mon général, c'est grâce à votre grande générosité, grâce aussi à votre puissant appui moral, à vos nombreuses démarches et interventions en notre faveur, que, depuis dix-huit mois environ, l'agriculture et le commerce se trouvent grandement facilités dans cette belle région que vous avez aimée jusqu'au dernier souffle. Et n'est-ce pas encore grâce à vous, mon Général, que le projet de construction d'une halte Œuilly-Reuil est actuellement à l'étude! Cela nous ne pouvons pas l'oublier! Et nous ne l'oublierons pas!!

Conscients de notre énorme dette à votre égard, nous nous associons tous dans un même élan d'affectueuse et profonde émotion pour vous remercier une dernière fois, mon général, et vous assurer de notre grande reconnaissance.

Nous garderons toujours de votre inépuisable bonté, de votre personnalité généreuse et de votre nom un souvenir impérissable. Reposez en paix dans cette tombe où vous attendent vos chers disparus, à l'abri de ce monument que vous avez voulu modeste, puisque modeste vous avez toujours été vous-même.

Quand nous longerons les murs de ce triste enclos où, loin des bruits de la ville, vous allez dormir votre dernier sommeil, votre souvenir toujours vivant dans nos cœurs ressuscitera devant nos yeux votre belle, votre noble, votre chère figure, et ce souvenir restera en nous comme un réconfort et un exemple.

J'apporte à votre dépouille mortelle, avec la tristesse émue du dernier adieu, l'hommage de nos regrets douloureux et de notre infinie gratitude.

J'adresse enfin, à Mme la Générale, votre si douce et si dévouée compagne, qui chérissait en vous un époux au grand cœur; à M. votre fils, à tous les membres de votre famille si durement frappés, l'expression de nos sentiments de respectueuse sympathie et de compassion attristée.

Au nom des conseils municipaux et des populations de Reuil et Œuilly, en mon nom personnel, je m'incline une dernière fois devant votre grande mémoire, mon Général, et du plus profond de mon cœur bouleversé par l'émotion, je vous dis un suprême adieu.

Discours de M. Chiraux,

Sous-Préfet de Reims, représentant le Préfet de la Marne.

Madame,

Messieurs,

M. le Préfet de la Marne, éloigné aujourd'hui du département par des nécessités professionnelles, m'a confié, en cette douloureuse circonstance, l'honneur de le représenter et la mission d'apporter en son nom et au nom de l'Administration départementale tout entière l'hommage suprême des regrets qui sont dus à la mémoire du général Léon Godart.

Il ne m'appartient pas de retracer une carrière dont les brillantes étapes conduisirent Léon Godart, enfant de Reuil, de l'Ecole de Saint-Cyr au commandement du 12e corps d'armée; une voix justement autorisée a dit quels furent ses mérites.

Et, cependant, depuis toujours, en marge du service des armées, et poussé par sa générosité native, Léon Godart révélait déjà le philanthrope qu'il devait être jusqu'à sa mort. Il pensait et pensa sans cesse que le grand se doit aux petits, le fort aux faibles, aux déshérités, aux veuves et aux orphelins des bons fils de France morts pour la défense et la grandeur du pays.

Il devait — et dans quelle mesure — donner libre cours à son besoin de faire le bien dans la seconde partie de sa magnifique existence.

Un jour, arrivé au faîte des honneurs, l'heure de la retraite sonna, inexorable, le libérant définitivement de ses devoirs militaires, en pleine vigueur, en pleine fièvre d'agir, d'aider, d'obliger, de secourir, de servir quand même.

Pour beaucoup, après un demi-siècle d'éminents services, ç'eût été le droit au repos, et Léon Godart en eût pu jouir avec la tranquillité que justifie la conscience du devoir accompli, de la dette loyalement et pleinement acquittée; une nouvelle vie, tout au contraire, commençait pour lui. Général, sorti de l'activité, il s'enrôlait comme simple soldat, pour y fournir une carrière également bien remplie, dans une autre armée active, glorieuse, celle de l'altruisme, de l'entr'aide et de la mutualité, consacrant son action bienfaisante aux vétérans des armées de terre et de mer dont il devint président.

Les échos qui me sont parvenus m'ont appris avec quelle exquise simplicité, quelle discrétion, quel tact et quelle modestie il savait être utile et bon, sous les formes les plus diverses.

A peine délivré du fardeau du commandement, fixé à Paris, dans cette demeure si délicieusement accueillante, secondé par la plus distinguée des compagnes, il aimait à recevoir — somptueusement et cordialement à la fois — ceux qui étaient de la Marne. Spontanément entraîné par sa nature enthousiaste vers toutes les idées et les conceptions généreuses, républicain des premières heures, à une époque où l'affirmation de sa conviction n'était ni sans mérite, ni même sans danger, il apporta au groupement de la Seine sa foi sincère de démocrate, et son ardeur toujours juvénile de militant.

Au foyer si amical des Marnais de Paris, il était entré sans tarder pour y goûter l'illusion du pays d'origine, pour y dispenser, comme partout où il passait, sa générosité, pour en devenir rapidement le président, puis le président d'honneur, entouré de l'estime et de l'affectueuse vénération de ses compatriotes.

Mais, toujours et par-dessus tout, même sous le ciel de l'Indochine, au petit coin de Reuil, qui gardera le souvenir de son illustre et généreux enfant, il avait conservé toute sa tendresse aussi vivace, aussi fraîche sous ses cheveux blancs, qu'aux jours de son enfance.

Il avait aimé et bien servi sa grande patrie, il aimait la petite d'un amour sans réserve. C'est ici que repose son père, dont il évoquait souvent le souvenir avec attendrissement; c'est ici qu'à son tour il reposera dans quelques instants, accompagné du respect dont témoigne l'assistance qui lui fit cortège.

Général, entre toutes les distinctions qui constellent votre glorieuse tunique et dont vous pouvez être fier, une étoile brille qui vous était particulièrement chère et précieuse, la médaille d'or de la mutualité; elle dit mieux que je n'ai pu le faire ce que vous fûtes et ce qu'il y avait de meilleur en vous; elle symbolise une philanthropie qui n'a trouvé de terme à ses longs services qu'avec votre dernier soupir.

Bon Français, bon républicain, homme de bien par excellence, votre belle existence fût noblement remplie; en saluant votre mémoire, je sais qu'elle demeurera pieusement conservée au cœur de vos concitoyens.

Général, adieu !

Madame,

Votre douleur est de celles qui ne se consolent point, mais, devant cette tombe qui va se refermer sur les restes d'un homme de grand cœur et d'un glorieux enfant de la Marne, permettez-moi de vous offrir, ainsi qu'à vos enfants, au nom de l'Administration départementale, l'hommage très respectueux de nos regrets et de nos sentiments attristés.

Discours de M. Henri Merlin,

Sénateur de la Marne.

Aux gerbes d'hommages attristés qui viennent déjà d'être déposées sur la tombe du général Godart, permettez-moi d'ajouter, au nom des parlementaires, anciens présidents de la Société amicale de la Marne, une modeste fleur de souvenir, la seule que ne saurait flétrir la succession des saisons et des années.

Pour ceux au nom de qui je parle, le général Godart, président d'honneur de notre Société, a été l'ami à l'affection robuste et fidèle; il n'est aucun d'eux qui ne lui doive une profonde gratitude pour les conseils précieux qu'il se gardait bien d'offrir lui-même, mais qu'il ne refusait jamais à ses successeurs, toujours heureux de pouvoir s'inspirer de sa sagesse, de sa droiture et de sa bonté.

Pour ce soldat qui avait si bien servi la France, « la Marne » était demeurée, jusqu'à son dernier jour, l'objet d'une généreuse sollicitude.

Après être descendu d'un des plus hauts commandements de l'armée, à l'heure fatale de la retraite, il pensait que, pour un bon citoyen, pour un bon Marnais, ne doit jamais sonner l'heure de l'indifférence et du repos. C'est ainsi que, au cours de sa longue vie, il sut remplir noblement deux carrières : celle du soldat sous les armes, et, après avoir déposé les armes, celle du citoyen à l'activité inlassablement bienfaisante. Toute sa vie, aussi bien dans ses lointaines et périlleuses campagnes, que dans sa retraite de Lenoncourt, la Marne et Reuil avaient hanté sa pensée filiale.

C'est ici, dans la Marne, à Reuil, qu'il a voulu reposer dans la sépulture paternelle : touchant et suprême hommage du vieillard à la terre natale, qu'il n'avait jamais cessé de doter de ses bienfaits.

Ces collines charmantes, où avaient retenti — il y a trois quarts de siècle — les acclamations de ses camarades d'enfance, fêtant le jeune galon du sous-lieutenant sorti de Saint-Cyr, viennent de répéter l'écho funèbre de la musique de Reuil, précédant le long cortège qui accompagne à sa demeure dernière l'ancien commandant de corps d'armée.

La mort, tour à tour, avait fauché ses compagnons d'heureuse jeunesse; mais les fils et les petits-fils de ceux-ci montrent qu'ils n'ont pas oublié « l'ancêtre » qui avait reporté sur eux l'héritage de l'affection qu'il avait vouée à leurs pères et à leurs grands-pères.

Désormais, lorsque les amis du général Godart traverseront notre admirable vallée, leurs yeux, guidés par leur cœur, monteront vers ce cimetière qui la domine : « Voici Reuil, diront-ils, où repose celui qui fut le vaillant soldat, l'exemple des braves gens, et le plus sûr des amis! »

Dans leur souvenir, ils associeront, — comme nous le faisons aujourd'hui dans notre tristesse, — et son fils, et son admirable épouse qui sut toujours encourager d'un sourire — quand elle ne l'avait pas, d'abord, suggéré elle-même — chaque geste généreux du bon général pour sa commune natale.

Heureux et rares sont ceux qui, comme lui, auront pu, vivants, regarder tout leur passé sans y découvrir le regret d'une bonne action manquée, et assurer ainsi à leur mémoire le culte d'une reconnaissance noblement acquise!

Celle-ci ne s'évanouira pas, en même temps que nos paroles fugitives.

L'adieu suprême que nous adressons au général Godart n'est que le commencement de notre souvenir!

*

* *

Les discours étant terminés, un long défilé s'est déroulé devant les membres de la famille, défilé se composant : des amis venus de Paris et de province, des Sociétés de fanfare et Mutuelle de Reuil; des maires et conseillers municipaux de Reuil et d'Œuilly; des habitants en grand nombre de Reuil, Œuilly, Binson, Orquigny, rendant ainsi un témoignage de reconnaissance affectueuse au général Godart, leur bienfaiteur et compatriote.

Ces obsèques, dans leur touchante simplicité, furent aussi grandioses et impressionnantes que les honneurs rendus avenue de l'Opéra au grand officier de la Légion d'honneur.

Ainsi, s'est terminée l'émouvante cérémonie. Et c'est au pied des coteaux de vigne de sa petite patrie que le général dort son dernier sommeil.

Générale Godart.

CHARLES-LAVAUZELLE ET Cie. — PARIS, LIMOGES, NANCY. — 1928.